GUERRE 1914-19..

A PROPOS

DU

MANQUE D'ANTHRACITE

QUELQUES DOCUMENTS

DÉCEMBRE 1917

GUERRE 1914-19..

A PROPOS

DU

MANQUE D'ANTHRACITE

QUELQUES DOCUMENTS

DÉCEMBRE 1917

# PRÉFACE

Au moment où **le manque d'anthracite** se fait si fortement sentir à Paris et dans maintes villes de France, il nous paraît utile que ceux que la question intéresse sachent, par un exemple, que tout n'a pas été fait pour remédier à cette pénurie. C'est pourquoi nous publions cette Note.

La situation actuelle est due à ce que *la question des anthracites --* notamment des anthracites concassés et classés pour foyers domestiques, — a été confiée, comme tant d'autres, à des fonctionnaires à qui l'expérience de la question faisait totalement défaut.

Et combien d'exemples existent de cette grave erreur qui a déjà tant coûté et coûtera encore beaucoup à la France, en argent et en résultats désastreux, si on n'y porte remède.

Aussi nous ne cesserons de répéter — malgré que le fait de l'avoir dit, imprimé et redit, nous ait valu des inimitiés, des entraves et des pertes importantes dans notre industrie et notre commerce, — la **solution des questions industrielles, agricoles, commerciales et maritimes en l'heure présente auraient dû et devraient être confiées à des Industriels, des Agriculteurs des Commerçants, ou des Armateurs,** ayant fait leurs preuves dans leurs propres affaires, et qui « possèdant l'expérience » de ces questions, — les auraient résolues aux mieux des intérêts du Pays.

Cette Note sera en même temps un exemple de *la puissance occulte et néfaste* de certaines de nos Administrations et du mal que malgré Ministres, Sénateurs et Députés, voire même l'Opinion publique, ces Administrations peuvent causer et causent, en même temps qu'à la France, à ceux qui se permettent de critiquer leurs agissements.

On remarquera qu'alors que MM. les Sous-Secrétaires d'Etat aux Combustibles, de la Marine marchande et aux Transports maritimes, les Ministres des Travaux publics et du Ravitaillement, voire même M. le Président du Conseil auraient voulu, **dans l'intérêt général,** qu'une maison qui, depuis 70 ans se livre à l'importation des houilles étrangères soit — vu le besoin urgent de ces houilles, — aidée, par l'Etat, comme beaucoup d'autres commerçants et industriels, afin de continuer ses importations et remettre en marche ses **Usines pour le traitement des anthracites**, leurs désirs — peut-être même leurs ordres — ne sont pas allés au-delà de la porte de leurs Cabinets.

Ces ordres ont d'évidence même été arrêtés par " les bureaux " et considérés comme « *lettres mortes* » par MM les fonctionnaires qui nous considèrent comme un ennemi, parce que nous nous sommes permis de signaler leur incompétence des questions qu'ils ont été appelés à traiter et tout le mal que cette incompétence cause à la France dans les circonstances graves que nous traversons.

DEPEAUX,
Négociant-Armateur,
Ancien propriétaire
de Mine d'anthracite en Pays de Galles,
Président d'Honneur
du Comité des Importateurs de houilles
par le Port de Rouen.

DOCUMENTS

ROUEN, **le 9 Février 1915.**

A Monsieur MARCEL SEMBAT, Ministre des Travaux publics.

Monsieur le Ministre,

Comme suite à l'entretien que nous avons eu le 22 Janvier au sujet des améliorations à apporter dans les importations des houilles anglaises en France, notamment par le port de Rouen, **j'ai pris la liberté de vous télégraphier et de vous écrire les 24 et 25 Janvier dernier pour vous signaler que mon Usine pour le concassage des anthracites anglais (qui est un combustible dont on manque dans toutes nos grandes villes, notamment à Paris) était, à nouveau, arrêtée faute de matière première** (anthracites à l'état de gros morceaux) alors que j'avais depuis plusieurs jours en rade du Havre le vapeur français *Thérèse* chargé de cette matière première.

Et je vous demandais, Monsieur le Ministre, de vouloir bien donner des instructions au Service des Ponts et Chaussées pour que ce vapeur soit autorisé à monter à Rouen au quai qui m'a été concédé en face de mon Usine, pour l'alimentation de celle-ci.

Mes télégrammes et lettres sont restés sans réponse et ce n'est que le 1er Février, après 10 jours perdus en rade du Havre, que le vapeur *Thérèse* a été autorisé à s'amarrer à mon quai, lequel, depuis le 24 Janvier, a été occupé par des navires dont la totalité ou la plus grande partie des cargaisons ont été transbordées sur chalands ou péniches (*).

Il en est résulté qu'alors que j'avais mon Usine arrêtée et que j'étais mis, de ce fait, dans l'impossibilité de satisfaire à aucune des nombreuses commandes qui m'étaient adressées, notamment pour des **Services publics, Ambulances, Hôpitaux** ou des **Industriels travaillant pour l'Armée** (éprouvant ainsi un préjudice considérable), ce même quai, où j'aurais pu, pendant ce temps, recevoir 5 à 6,000 *tonnes d'anthracites*, a été utilisé pour y décharger *quelques centaines de tonnes* de houilles anglaises.

Et voilà plusieurs mois, c'est-à-dire depuis la nouvelle et si déplorable réglementation du port de Rouen, que les choses se passent de la sorte !

Il n'y a que ceux à qui nous devons cette réglementation néfaste qui ne veulent pas comprendre **qu'elle est contraire à l'intérêt général** puisqu'elle a diminué dans une proportion considérable la production d'un combustible

(*) Opérations qui auraient pu être effectuées en tout autre endroit du port, notamment sur les bouées.

dont, comme dit ci-dessus, on manque dans toutes nos grandes villes, notamment à Paris.

A l'appui de ce qui précède, permettez-moi de vous faire remarquer, Monsieur le Ministre, que **si mes Usines de concassage d'anthracites de Rouen et de St-Ouen (Seine) n'avaient pas été arrêtées faute de matière première depuis le commencement de Novembre 1914, c'est-à-dire depuis la nouvelle réglementation du port de Rouen, j'aurais pu y produire et livrer à la consommation de 45 à 50,000 tonnes de combustibles classés pour industries et foyers domestiques. Or, ces Usines, presque continuellement arrêtées, n'ont produit que 6,900 tonnes et ce avec une augmentation de prix de revient considérable** en rapport avec la diminution de la production.

Il est vrai que pendant que mes Usines de Rouen et de St-Ouen sont arrêtées, avec toutes les conséquences dommageables qui en résultent, des importateurs *occasionnels*, qui ont fait venir des anthracites *en spéculation*, ou des négociants de notre place plus favorisés (puisque les concessions de quai qu'ils possédaient leur ont, à eux, été rendues moyennant certains engagements qui leur ont été imposés mais qu'ils n'ont pu tenir), font des offres dans ma clientèle qu'ils n'arrivent, du reste, pas à satisfaire.

Il n'en résulte pas moins que je suis dans l'impossibilité de l'approvisionner (ce qu'elle a peine à croire) et que j'en ai déjà perdu une grande partie en outre de la perte de mon personnel ouvrier qui voyant l'usine presque continuellement arrêtée est allé chercher du travail ailleurs.

De pareils résultats, dûs à une si étrange manière de comprendre l'intérêt général et de tenir compte des droits des particuliers est à peine croyable et c'est pourquoi j'avais espéré que, par votre haute intervention, il y serait mis un terme.

Mais voyant, Monsieur le Ministre, qu'il me faut abandonner cet espoir et, d'un autre côté, ne pouvant continuer mon industrie et mon commerce d'importation des houilles et anthracites anglais dans de pareilles conditions, **je vais me trouver contraint d'arrêter mes usines jusqu'à ce que les moyens de les approvisionner me soient rendus.**

J'en éprouverai — et d'autres avec moi — un préjudice grave. Ce sera le résultat d'une réglementation forgée par des gens qui ont été appelés à traiter des questions **qu'ils ne connaissent pas** et qui paraissent avoir voulu surtout faire montre d'une autorité qu'ils tiennent des événements actuels.

Veuillez agréer, Monsieur le Ministre, l'assurance de ma considération très distinguée.

DEPEAUX.

(Lettre restée sans réponse).

ROUEN, **21 Avril 1917.**

A Monsieur le Ministre du Ravitaillement, Paris.

MONSIEUR LE MINISTRE,

CRISE DES CHARBONS. — Lorsque j'ai eu l'honneur de vous rendre visite, appelé par vous, le 11 avril courant, vous avez bien voulu me dire, au cours de notre entretien, que votre intention était, afin de porter remède à la situation grave dans laquelle nous nous trouvons pour nos importations de houilles étrangères, d'avoir recours **à des hommes du métier** et d'en confier la direction à un Comité d'Importateurs français ayant fait leurs preuves dans leurs propres affaires; vous m'avez demandé de vous indiquer ceux que je croyais les plus aptes à composer ce Comité et vous avez inscrit leurs noms.

Comme conséquence, la liberté devait être rendue à nos Importations de houilles sans laquelle aucun Commerce ne peut donner tous ses effets et rendre au Pays les services qu'il est en droit d'en attendre.

Or, je viens de recevoir de la Direction des Mines, *trois circulaires*, en dates des 15, 19 et 20 avril, (dont l'une, signée « avec autorisation du Ministre du Ravitaillement »), desquelles il résulte que, dorénavant, aucune liberté n'existera plus pour les Importateurs de houilles étrangères puisqu'ils devront mettre à la disposition de votre Administration toutes les houilles qu'ils recevront dans nos ports.

Ceci étant, **je n'ai d'autre alternative que de cesser mon commerce et d'arrêter définitivement les deux usines que j'ai créées, l'une à Rouen, l'autre à Paris pour le traitement des anthracites anglais,** car aucun commerce, ni aucune industrie ne peuvent fonctionner sans liberté et sans certitude du lendemain.

La décision à laquelle je suis forcément amené vous sera un exemple des résultats qu'il faut attendre de la mesure que vient de prendre le Gouvernement, après tant d'autres qui ont amené — je n'hésite pas à le dire — la crise actuelle des charbons.

Pour n'être pas obligé de congédier mes employés et ouvriers, n'y aurait-il pas une combinaison par laquelle l'Etat — puisqu'il a décidé de prendre en main tout le commerce des houilles — assurerait l'approvisionnement en anthracite de mes usines de Rouen et de Saint-Ouen (Seine) de façon à éviter la fermeture d'une source de production d'un combustible actuellement très demandé, notamment par un certain nombre d'usines travaillant pour la Défense Nationale. Cela serait de l'intérêt général et plus logique et plus simple, puisque l'Etat, qui a une flotte de navires charbonniers à sa disposition, possède, en outre, de puissants moyens d'action en Royaume-Uni.

Naturellement, je tiendrais à la disposition du Gouvernement à des conditions à débattre, les produits sortant de mes usines, après livraison à de fidèles clients (tels que la Compagnie des chemins de fer du Nord, la Banque de France, etc...) des quelques quantités qui leur sont nécessaires.

Dans l'attente de votre réponse, je vous prie d'agréer, Monsieur le Ministre, l'assurance de ma considération distinguée.

DEPEAUX.

(Lettre restée sans réponse).

MINISTÈRE
DES
TRAVAUX PUBLICS

RÉPUBLIQUE FRANÇAISE

BUREAU NATIONAL
DES CHARBONS

A. R.

PARIS, le **25 Avril 1917.**

MONSIEUR,

Afin de nous permettre de compléter votre dossier, nous vous serions très obligés de nous retourner par le plus prochain courrier la présente lettre après avoir répondu aux questions posées.

Dans l'attente de vous lire, veuillez agréer, Monsieur, l'assurance de notre considération distinguée.

La Direction des Mines.

(SANS SIGNATURE).

1° QUESTION : Quelle était votre profession avant la mobilisation ?

RÉPONSE :

2° QUESTION : Ville où vous exerciez ?

RÉPONSE :

A Monsieur DEPEAUX, à Rouen.

ROUEN, le **27 Avril 1917.**

A la Direction des Mines — « Bureau des Charbons »
Ministère des Travaux Publics, Paris.

En réponse à votre lettre du 25 courant par laquelle vous me dites
« *qu'afin de vous permettre de compléter « mon dossier »* — (ai-je donc un
dossier au Ministère des Travaux Publics (?) — il y a lieu que je vous retourne
par le plus prochain courrier (!) « votre dite lettre avec les renseignements
qu'elle demande », permettez-moi de vous faire remarquer qu'il faut vraiment que vous ayiez du temps à perdre et probablement des employés plus
nombreux qu'il est nécessaire pour vous livrer à de pareilles enquêtes.

Vous devez pourtant savoir (car je n'ai eu que trop l'occasion d'écrire au
« Bureau des Charbons ») *que je suis, personnellement, Importateur de
houilles depuis plus de quarante ans*, ma maison ayant été fondée en 1840.

Quand je dis : « je suis » c'est une manière de parler, étant donné qu'en
raison des mesures déplorables prises par votre Administration depuis
Novembre 1914, notamment en m'enlevant, sans aucun avis préalable, les
deux places à quai que je possédais dans le port de Rouen pour la réception
de mes charbons, mes importations se trouvent maintenant réduites à zéro
et **j'ai dû arrêter mes deux Usines d'ici et de Saint-Ouen (Seine) pour
le traitement des anthracites, alors que la pénurie de ce combustible se
fait vivement sentir en France et principalement à Paris.**

Quant à la ville où « *j'exerce ma profession* » c'est, comme vous le
savez, *Rouen*, avec bureaux à Paris, Caen, Swansea, etc., ainsi que vous
pourrez du reste le constater à nouveau par l'en-tête du papier sur lequel je
vous écris.

Si je ne vous retourne pas ces renseignements sur votre propre feuille
c'est qu'il me paraît intéressant de la conserver comme un spécimen des
agissements et du temps perdu par certaines de nos Administrations, ainsi
que de leur prétention de vouloir tout savoir et tout gouverner ; hélas !

Veuillez agréer, Direction des Mines, l'assurance de ma considération
distinguée.

DEPEAUX.

P.-S. — Ce n'est pas par de pareilles enquêtes que votre Administration
résoudra la crise si grave des charbons.

Dx.

ROUEN, **le 16 Juin 1917.**

A Monsieur Alexandre RIBOT, Président du Conseil des Ministres,

Paris.

Monsieur le Président,

Permettez-moi de vous exposer ce qui suit :

Importateur de houilles anglaises *depuis plus de quarante années* (ma maison, que j'ai notablement augmentée, fut fondée par les miens en 1840), j'ai vu mes importations entravées dès novembre 1914, ensuite considérablement diminuées et, enfin, complètement arrêtées par les mesures administratives prises concernant nos importations des charbons étrangers.

En novembre 1914, je fus privé — *sans aucun avis préalable et contrairement à l'Arrêté* qui me les avait octroyées — des deux concessions de places à quai que je possédais dans le port de Rouen et qui servaient à assurer l'approvisionnement de mon chantier en même temps que **des deux Usines importantes pour le traitement des anthracites (puisqu'elles peuvent concasser, calibrer et épierrer chaque jour environ 600,000 kilos) que j'ai construites l'une à Rouen sur un terrain domanial (pour lequel j'ai payé depuis la déclaration de guerre 27,500 francs de loyers et redevances), l'autre aux portes de Paris (à Saint-Ouen-s/-Seine) pour contribuer à l'approvisionnement de la Capitale en anthracites et charbons classés.**

Ces deux usines — créées à grands frais et de toutes pièces puisque les machines qui y fonctionnent sont de mon invention — sont les plus importantes qui existent actuellement en France.

Or, depuis le jour où l'État a décidé de réglementer, ensuite de diriger complètement nos transports par mer, il m'est impossible d'approvisionner ces usines de la matière première nécessaire à leur fonctionnement, c'est-à-dire des anthracites tels qu'ils sortent des mines et que celles-ci se sont toujours déclarées prêtes à me livrer et présentement encore me demandent d'enlever régulièrement, ainsi que je pouvais le faire et le faisais avant la réglementation existante.

Plusieurs fois j'ai adressé à la Direction des Transports Maritimes des demandes de navires.

Une seule fois il me fut accordé un petit vapeur (le *Bénédicte*) qui m'apporta 776 tonnes, c'est-à-dire la quantité nécessaire pour assurer le fonctionnement de mes Usines à pleine marche pendant une journée et demie.

Du fait de l'arrêt de mes Établissements, je me suis naturellement vu dans l'obligation de congédier la presque totalité de mes employés et ouvriers et de ne conserver que ceux nécessaires à l'entretien de mes Usines, ce qui est une situation très onéreuse.

Il me semble pourtant, Monsieur le Président, que le fonctionnement d'Usines qui contribuent à assurer en un combustible de plus en plus demandé, l'approvisionnement de villes telles que Paris, Lyon, Rouen, etc., en même temps que de nombreux établissements travaillant pour la Défense Nationale ou des Services publics, comme la Banque de France, les Compagnies de Chemins de fer, Municipalités, Préfectures, etc., et qui, par conséquent, contribuent à la vie et à la défense du Pays, devrait être assuré au même titre que celui des Usines à gaz, d'électricité ou autres similaires.

Je dois vous signaler, Monsieur le Président, que par suite de l'arrêt de mes importations de houilles ainsi que de mes Usines, les bateaux affectés à leur transport entre Rouen et Paris, notamment un chaland auto-moteur qui, à lui seul, peut transporter chaque mois par ses propres moyens, 5 à 600 tonnes sont, eux aussi, arrêtés.

Je n'aurais certes pas élevé la voix et ne vous adresserais pas la présente requête si mes réclamations avaient été prises en considération au Ministère des Travaux publics et si je ne savais — comme tout le monde le sait — que d'autres importateurs de houilles anglaises obtiennent ce que je demande, lesquels n'ont pas — je crois pouvoir le dire — fait ce que j'ai, ou aurais été, et serais encore heureux de faire pour la Défense Nationale.

C'est ainsi qu'en août 1914, j'ai proposé d'organiser des *ambulances et hôpitaux flottants* qui, dans le pays sillonné de canaux où l'on se bat depuis le début de la guerre (Pas-de-Calais, Somme, Aisne, Marne, etc.), eussent rendu d'importants services et sauvé la vie à un grand nombre de nos soldats.

Qu'en octobre 1914, j'ai créé et entretenu à mes frais, sur le plateau éminemment salubre de Mesnil-Esnard, près Rouen, une *Maison de Convalescence pour nos militaires malades ou blessés*.

Que dès janvier 1915 et jusqu'à ce jour, j'ai cherché — mais sans grand succès, hélas (!) — à faire adopter par l'Etat pour nos importations de houilles *des mesures pratiques* qui eussent certainement évité — les faits le prouvent — la crise actuelle des charbons et de leur transport maritime.

Que de janvier 1916 et jusqu'à son vote, j'ai travaillé non sans résultat, puisqu'il a été tenu compte d'une grande partie de mes suggestions, à la *Loi de la Marine Marchande*, laquelle, malheureusement, a été votée beaucoup trop tard.

Que j'ai contribué *à l'armement défensif de nos navires de Commerce*, autorisé, lui aussi, beaucoup trop tard.

Que plus récemment, j'ai offert et mis *gratuitement* à la disposition du Ministre de la Marine, pour être transformé en *Ecole de canonnage contre les sous-marins ennemis* pour les officiers de notre Marine Marchande, mon yacht à vapeur *Dame Blanche* et suis encore et serai toujours tout disposé à faire tout ce que je pourrai pour la Défense Nationale.

Enfin que tout récemment, j'ai soumis à M. le Ministre du Ravitaillement et des Transports, par l'intermédiaire obligeance de M. Jules Siegfried, ancien Ministre, Député de la Seine-Inférieure, pour assurer l'importation des houilles du Royaume-Uni dont nous avons tant besoin — *un projet de transports par chalands de mer* qui, s'il est adopté et exécuté **par des hommes du métier**, remédiera certainement dans une grande mesure à la crise très grave des combustibles que nous traversons.

Je tiens à ajouter que **si l'Etat me met en mesure de remettre en marche mon commerce d'importation des houilles et mes Usines pour le traitement des anthracites, je m'engagerais volontiers à livrer ces combustibles à des prix notablement inférieurs à ceux actuellement pratiqués, ce qui serait par conséquent de l'intérêt général.**

Permettez-moi d'espérer, Monsieur le Président, que vous voudrez bien prendre en considération les remarques qui précèdent et que je recevrai de vous une réponse favorable.

Avec mes remerciements anticipés,

Veuillez agréer, Monsieur le Président, l'assurance de ma considération la plus distinguée.

DEPEAUX.

CABINET
DU
PRÉSIDENT DU CONSEIL
MINISTRE
DES AFFAIRES ETRANGÈRES

SECRÉTARIAT PARTICULIER

PARIS, le **20 Juin 1917.**

MONSIEUR,

M. le Président du Conseil me charge de vous informer qu'il a signalé votre lettre du 16 juin courant à la bienveillante attention de M. Loucheur, chargé tout récemment du ravitaillement en combustibles de toutes sortes et des transports maritimes.

Recevez, Monsieur, l'expression de mes sentiments les plus distingués.

Le Chef du Secrétariat particulier.

ILLISIBLE.

ROUEN, **le 21 Juin 1917.**

*A Monsieur LOUCHEUR, Sous-Secrétaire d'Etat aux Charbons
et aux Transports maritimes, Paris.*

MONSIEUR LE MINISTRE,

Voyant, par les journaux, que vous avez été adjoint à M. le Ministre du
Ravitaillement, en vue de traiter spécialement les questions si importantes
de nos approvisionnements en houilles et de leur transport maritime, je
prends la liberté de venir vous demander où en sont les questions :

1° de ces **transports par chalands de mer** au sujet desquels j'ai adressé,
en mai dernier, par l'intermédiaire de M. Jules Siegfried, député de la
Seine-Inférieure, à M. le Ministre du Ravitaillement, une Note qu'il a bien
voulu reconnaître comme intéressante ;

2° de **la remise en marche de mes usines de concassage d'anthracites**,
qui très fréquemment arrêtées en 1915 et 16 par suite des mesures administratives prises, le sont complètement depuis plusieurs mois, ce qui, comme
vous le comprendrez certainement, est une source importante d'approvisionnement de moins **en anthracites** (puisqu'elles pourraient traiter 5 à 600 tonnes
par jour, voire même davantage), d'un combustible de plus en plus demandé,
notamment par certaines industries travaillant pour la Défense nationale et
pour le chauffage domestique de nos grandes villes, municipalités, hôpitaux
et ambulances, administrations publiques.

**Au sujet de l'arrêt de mes usines, j'ai eu l'honneur d'écrire, en mai,
à M. le Ministre du Ravitaillement, sans recevoir de réponse, et, plus
récemment, à M. A. Ribot, président du Conseil, qui a bien voulu m'informer qu'il vous a transmis ma lettre.**

Entièrement à votre disposition au cas où vous désireriez que j'aille à
Paris pour causer de ces différentes questions, mais en vous demandant de
vouloir bien me prévenir au moins la veille,

Je vous prie d'agréer, Monsieur le Ministre, l'assurance de ma considération très distinguée.

DEPEAUX.

MINISTÈRE
DU
RAVITAILLEMENT GÉNÉRAL
ET DES
TRANSPORTS MARITIMES

CABINET
DU
SOUS-SECRÉTAIRE D'ÉTAT
CHARGÉ DE LA DIRECTION
DES
SERVICES DES COMBUSTIBLES
ET DES
TRANSPORTS MARITIMES.

27 Juin 1917.

MONSIEUR,

Pour me permettre d'examiner aussitôt que possible les questions traitées dans la lettre que vous avez adressée le 16 courant à M. le Président du Conseil, j'ai l'honneur de vous prier de vouloir bien me faire parvenir *d'urgence* à mon cabinet, 107, Boulevard Raspail, un duplicata de la dite lettre.

Agréez, je vous prie, Monsieur, l'assurance de ma considération distinguée.

Pour le *Sous-Secrétaire d'Etat* :
chargé de la Direction des Services
des combustibles et des Transports maritimes et P.O.
Le Chef-Adjoint du Cabinet,
ILLISIBLE.

REMARQUE. — Pourquoi cette demande alors que ma lettre du 16 Juin à M. Ribot a été transmise par lui à M. Loucheur ?

Pourquoi, surtout, demander l'envoi d'un duplicata de ma lettre du 16 Juin 1917 **pour n'y pas répondre ?**

ROUEN, **le 28 Juin 1917.**

Monsieur le SOUS-SECRÉTAIRE D'ÉTAT
chargé de la Direction des Services des Combustibles
et des Transports maritimes, Paris.

Monsieur,

Conformément au désir exprimé par vos lignes du 27 courant, j'ai
l'honneur de vous remettre *sous ce pli* une copie de la lettre que j'ai adressée
le 16 juin courant à M. Ribot, Président du Conseil des Ministres, qui a bien
voulu me répondre qu'il avait recommandé cette lettre à votre bienveillante
attention.

Agréez, Monsieur le Ministre, l'assurance de ma considération très
distinguée.

DEPEAUX.

ROUEN, **le 18 Juillet 1917.**

A Monsieur LOUCHEUR, Sous-Secrétaire d'Etat aux Charbons.

Paris.

Monsieur le Ministre,

Le 16 juin dernier, j'ai eu l'honneur d'adresser à M. A. Ribot, Président du Conseil des Ministres, une requête en vue d'obtenir — comme tant d'autres — l'aide du Gouvernement pour le transport de mes anthracites et charbons du Pays de Galles à Rouen, afin de pouvoir continuer mon commerce d'importation de houilles **et remettre en marche mes usines de Rouen et de Paris pour le traitement des anthracites,** — qui sont arrêtées depuis que le Gouvernement a réglementé et, ensuite, pris en main nos transports maritimes — **alors que de tous côtés on manque d'anthracites** pour nos usines de guerre, services publics, hôpitaux et ambulances, meuneries, etc., etc.

Le 20 juin, M. le Président du Conseil voulait bien m'annoncer qu'il vous avait transmis ma lettre avec avis favorable.

Le 27 juin, vous m'écriviez que « pour vous permettre d'examiner » aussitôt que possible les questions traitées dans la lettre que j'avais » adressée le 16 à M. le Président du Conseil, il était nécessaire que je vous » fasse parvenir **d'urgence**, à votre cabinet, 107, boulevard Raspail, un » duplicata de la dite lettre ».

Le 28 juin, c'est-à-dire dès réception de' votre demande, je vous ai adressé copie de la lettre en question.

Or, aujourd'hui 18 juillet (il y a par conséquent plus d'un mois que j'ai écrit à M. Ribot), je n'ai reçu aucun avis de vous, malgré la réponse favorable qu'avait bien voulu me faire M. le Président du Conseil et alors que vous aviez reconnu que la question **était urgente.**

De votre silence dois-je conclure, Monsieur le Ministre, qu'il me faut abandonner l'espoir de toute aide du Gouvernement pour mes transports de houilles (**principalement anthracites**) entre le Royaume-Uni et la France ?

Si tel est le cas, certains en seront étonnés, car la demande que M. le Président du Conseil a bien voulu vous transmettre avec avis favorable émane d'un négociant qui exerce le commerce d'importation des charbons et anthracites depuis plus de quarante ans, alors que d'autres, qui ne se livrent à ce commerce que depuis quelques années — certains même depuis seulement les hostilités — obtiennent ce que je ne voudrais pas appeler une faveur.

Dans l'espoir d'une réponse, je vous prie d'agréer, Monsieur le Ministre, l'assurance de ma considération très distinguée.

DEPEAUX.

(Lettre restée sans réponse).

ROUEN, le Dimanche **22 Juillet 1917.**

à Monsieur LOUCHEUR, Sous-Secrétaire d'Etal aux Charbons,
Paris.

MONSIEUR LE MINISTRE,

Dans votre discours à la Chambre, en sa séance du 20 Juillet, vous avez déclaré, concernant la répartition des charbons, que vous mettiez en première ligne ceux nécessaires aux foyers domestiques.

Or, **l'anthracite est**, chacun le sait, un combustible de foyer domestique.

D'un autre côté — répondant à l'honorable M. Cornudet — **vous avez reconnu « qu'il y a une très grosse disette d'anthracite » et pris l'engagement : « de consacrer à l'importation de ce combustible le tonnage proportionnel nécessaire ».**

Devant d'aussi nettes et franches déclarations j'ose espérer, Monsieur le Ministre, que ce tonnage dont je sollicite depuis longtemps une partie, depuis que le Gouvernement a pris en mains les questions relatives à nos transports maritimes de houilles, sera mis prochainement à ma disposition et **qu'ainsi je pourrai remettre en marche les deux usines — (les plus importantes qui, à l'heure actuelle, existent en France) l'une à Rouen, l'autre à Saint-Ouen près Paris, — que j'ai créées pour le traitement des anthracites anglais.**

A ce sujet, permettez-moi de vous signaler, Monsieur le Ministre, **que je les ai construites en vue surtout de l'approvisionnement de Paris** et de nos grandes villes telles que Lyon, Dijon, etc., où l'anthracite est de plus en plus demandé ; que je reçois également de nombreuses demandes d'usines travaillant pour la Défense nationale, pour l'Agriculture et la Meunerie (lesquelles, comme vous le savez sans aucun doute, emploient maintenant des moteurs à gaz pauvre), pour nos Hôpitaux et Ambulances, ainsi que des municipalités et des Services publics.

Si, en raison de ces considérations, le Gouvernement me fournissait le tonnage nécessaire pour alimenter mes deux usines, **je m'engagerais volontiers à mettre à la disposition de l'Etat pour les foyers domestiques** tous les **anthracites classés dont le Gouvernement me faciliterait l'importation du Pays de Galles** où j'ai des contrats importants avec les principales mines de ce bassin houiller ; de plus, je me contenterais d'un bénéfice très restreint, **ce qui permettrait de vendre les anthracites à des prix notablement inférieurs à ceux, vraiment scandaleux actuellement pratiqués,** et qui devrait avoir pour conséquence d'obliger les autres vendeurs d'anthracites à réduire leurs prix.

Avec l'espoir que vous voudrez bien me favoriser d'une réponse, en raison **de l'urgence** — car nous sommes déjà avancés dans la période où les approvisionnements doivent se faire en vue de l'hiver prochain,

Je vous prie d'agréer, Monsieur le Ministre, l'assurance de ma considération très distinguée.

DEPEAUX.

(Lettre restée sans réponse).

ROUEN, **le 21 Août 1917.**

A Monsieur A. RIBOT, Président du Conseil des Ministres,

à Paris.

Monsieur le Président,

Sur le conseil de M. Jules Siegfried, député de la Seine-Inférieure, ancien ministre du Commerce — qui a suivi mes efforts pour essayer d'éviter la cessation de mes importations de houilles et **l'arrêt des deux usines que j'ai créés, l'une ici l'autre à Paris, pour le traitement des anthracites,** et qui a bien voulu s'en occuper personnellement — j'ai eu l'honneur de vous écrire, *le* 16 *juin* 1917, pour vous exposer la situation qui m'était faite par les mesures administratives qui ont arrêté mes importations, notamment la suppression, sans aucun avis préalable, contrairement à l'Arrêté de concession, des deux places à quai que, depuis vingt années, je possédais dans le port de Rouen pour la réception de mes charbons et anthracites et desquelles dépendait le fonctionnement de l'usine que j'ai construite dans notre port même.

Le 20 *juin*, c'est-à-dire trois jours seulement après réception de ma lettre, vous vouliez bien me répondre « que vous l'aviez signalée à la bien-» veillante attention de M. Loucheur, chargé tout récemment du ravitaille-» ment en combustibles de toutes sortes et des transports maritimes. ».

M'autorisant de votre rassurante et prompte réponse, j'écrivis, le 25 juin, à M. le Sous-Secrétaire d'Etat aux Fabrications de guerre pour lui demander quelle suite serait donnée à la requête que j'avais pris la liberté de vous adresser, me mettant d'ailleurs à sa disposition pour aller à Paris en causer avec lui, s'il le désirait.

Le 27 *juin*, M. Loucheur me faisait écrire que : « pour lui permettre » d'examiner aussitôt que possible (!) les questions traitées dans la lettre » que je vous avais adressée le 16 du dit mois, il me demandait de lui en » faire parvenir **d'urgence** un duplicata ».

Bien qu'étonné que M. le Sous-Secrétaire d'Etat n'eût pas ma lettre en sa possession, puisque par la vôtre du 20 vous aviez bien voulu m'annoncer que vous la lui aviez transmise, je lui en adressai une copie dès le lendemain 28 *juin*.

Le 18 *juillet* — après trois semaines de silence — j'écrivis à M. le Sous-Secrétaire d'Etat pour le prier de vouloir bien me dire quelle suite serait donnée à la demande que j'avais eu l'honneur de vous adresser un mois auparavant.

Le 22 *juillet*, j'écrivis à nouveau à M. le Sous-Secrétaire d'Etat pour lui faire remarquer que puisque, dans son discours de la veille à la Chambre des Députés, il avait reconnu qu'il y a, actuellement, « **une grosse disette d'anthracites (dont je pourrais importer et traiter d'importantes quantités dans mes deux usines de Rouen et de Paris**), il semblerait indiqué que l'Etat — qui a pris en mains nos transports maritimes — me fournisse le tonnage voulu pour remettre ces usines en marche, ce qui serait, du reste, conforme à l'engagement pris par lui devant la Chambre « de consacrer à » l'importation de ce combustible le tonnage proportionnel nécessaire ».

Le 22 *juillet*, M. le Sous-Secrétaire d'Etat des Fabrications de guerre voulut bien m'écrire, mais une lettre qui ne répondait pas à la question que j'avais pris la liberté de vous exposer et qui se résume en ceci : étant donné l'importance de mes importations de houilles anglaises avant la guerre — principalement d'anthracites — importations tombées **à zéro** par suite des mesures administratives prises à mon égard, l'Etat consent-il maintenant à m'aider à reprendre mon commerce et mon industrie — ainsi qu'il l'a fait pour d'autres industriels — en me fournissant les moyens de transports maritimes pour transporter du Pays de Galles à Rouen les charbons, mais **surtout les anthracites** nécessaires pour remettre en marche mes deux usines pour le traitement de ce combustible nécessaire à un nombre important d'établissements travaillant pour la Défense nationale, d'administrations, services publics, hôpitaux et ambulances, ainsi qu'à la population civile.

Le 25 *juillet*, je répondais à M. le Sous-Secrétaire d'Etat des Fabrications de guerre la lettre dont j'ai l'honneur de vous remettre ci-joint copie.

Or, voici de cela bientôt un mois, au total plus de *deux mois* depuis que j'ai eu l'honneur de vous écrire le 16 juin, et je suis toujours sans réponse.

Le silence opposé à mes demandes ne me laisse aucun doute sur le parti-pris — du reste connu — de me mettre dans l'impossibilité de reprendre mes importations de houilles et de remettre mes Usines en marche et ce, parce que je me suis permis de dire et de répéter ce que chacun pense dans le monde commercial, industriel et maritime, de même que dans le public, de l'ignorance de nos fonctionnaires des questions commerciales, industrielles et maritimes ; de leur vanité à vouloir, malgré cela, traiter ces questions ; de leur opposition à ce que le Gouvernement ait recours à des hommes du métier et de tout le mal et pertes énormes que de pareils agissements ont causés à la France.

Je me trouve donc aujourd'hui, Monsieur le Président du Conseil, dans la même situation que quand, à ma lettre du 16 juin, vous avez bien voulu me répondre que vous la recommandiez à la bienveillante attention de M. Loucheur et c'est pourquoi je prends la liberté — que j'espère vous excuserez — d'avoir recours encore une fois à votre obligeance en même temps qu'à votre autorité de Chef du Gouvernement.

Vous comprendrez certainement, Monsieur le Président du Conseil, que je ne puis continuer à entretenir à ne rien faire un personnel de bureaux et d'usine que j'ai, jusqu'ici, conservé dans l'espoir de remettre en marche mon commerce et mes établissements (il y a déjà longtemps qu'il m'a fallu renvoyer tous mes ouvriers).

Or, si je suis obligé de congédier ce personnel, ce sera la cessation jusqu'à la fin de la guerre de mes importations de houilles **et l'arrêt jusqu'à la même époque de mes Usines pour le traitement des anthracites... dont il y a pourtant « une grosse disette » en France.**

Avant de prendre ce parti extrême, je crois bien faire de vous dire franchement, Monsieur le Président du Conseil, que j'en exposerais les raisons — avec pièces à l'appui — d'abord à ma clientèle qui ne s'explique pas qu'une maison vieille de plus de soixante-dix ans se trouve ainsi arrêtée ; ensuite, à tous ceux que préoccupent nos importations de houilles et anthracites. Je les ferai juges de la question de savoir si parce qu'il plaît à des fonctionnaires (fonctionnaires des Travaux publics) chargés — on ne sait pourquoi — de traiter des *questions maritimes et commerciales* qu'ils ignorent, d'abuser des pouvoirs qu'ils possèdent pour nuire à qui s'attire leur inimitié en critiquant leurs actes.

Clients, consommateurs de houilles et public seront probablement étonnés qu'alors que le Gouvernement, par la voix d'un de ses Membres, a déclaré lui-même qu'il y a une grosse disette d'anthracites et pris l'engagement de faire tout le possible pour y porter remède, laisse inactives deux Usines importantes qui pourraient jeter sur le marché de fortes quantités de ce combustible.

Veuillez agréer, Monsieur le Président du Conseil, l'assurance de ma considération très distinguée.

DEPEAUX.

POURPARLERS

ROUEN, **le 14 Septembre 1917.**

A Monsieur le Directeur

du BUREAU NATIONAL DES CHARBONS,

107, *Boulevard Raspail, Paris.*

Monsieur le Directeur,

En réponse à votre lettre du 6 courant(*) par laquelle vous m'informez **qu'aucune autorisation d'importation de houilles anglaises ne pourra m'être accordée** pour les tonnages à répartir par votre Administration avant que je vous aie retourné, revêtu de ma signature, l'engagement qui était joint aux instructions du 1er août, j'ai le regret de vous informer que malgré tout le désir et le grand intérêt que j'aurais de reprendre mon commerce d'importateur de charbons anglais, arrêté depuis le jour où l'Etat a pris en mains nos transports maritimes, il m'est impossible de prendre les engagements que vous me demandez.

En effet, de cet engagement il résulterait que je n'aurais plus aucune liberté dans mes affaires, qu'il me serait impossible de continuer à fournir charbons et anthracites à ma clientèle habituelle et que je serais exposé à des pertes importantes en même temps qu'à de fréquentes contestations (de prix, etc.).

Du moment que l'Etat a cru devoir se substituer aux importateurs de houilles anglaises pour leur répartition aux consommateurs et faire de ceux qui ont accepté vos conditions de *simples agents de réception* — malgré qu'ils aient tous les risques du négociant (acheteur à l'étranger, transporteur et réceptionnaire, vendeur en France) je n'ai d'autre alternative — ne pouvant, après 40 années d'exercice de ma profession, accepter une pareille situation — que de maintenir arrêtés, malgré la perte importante que j'en

(*) Lettre *circulaire* adressée aux Importateurs de houilles étrangères de France.

éprouve, mon commerce des charbons et mon industrie du traitement des anthracites jusqu'à ce que la liberté commerciale et industrielle nous soit rendue.

Mais il me sera permis de faire remarquer que, **dans l'intérêt général** il eût fallu laisser « **à chacun son métier** », aux importateurs de houille le soin d'en faire venir du Royaume-Uni, aux armateurs celui de les transporter, *mais en les aidant les uns et les autres* afin de leur permettre d'augmenter leurs importations en rapport avec nos besoins actuels au lieu de les entraver par des règlements sans cesse renouvelés et des menaces de pénalités vraiment inadmissibles.

Si l'on avait agi ainsi, la crise des charbons dont la France souffre depuis deux ans ne se serait pas produite et les consommateurs de houille n'auraient pas eu à payer les prix excessifs dûs à la spéculation de profiteurs de la guerre favorisés par les mesures administratives prises depuis 1915.

Veuillez agréer, Monsieur le Directeur, l'assurance de ma considération très distinguée.

DEPEAUX

MINISTÈRE
DE L'ARMEMENT
ET DES
FABRICATIONS DE GUERRE

PARIS, le 16 Septembre 1917.

BUREAU NATIONAL DES CHARBONS

Le Directeur du *BUREAU NATIONAL DES CHARBONS*
à Monsieur Depeaux, armateur, Rouen.

MONSIEUR,

J'ai bien reçu votre lettre du 14 septembre et doit vous marquer ici mon étonnement sur son contenu.

Je suis convaincu que cette lettre ne traduit pas vos vrais sentiments, alors que, dans les circonstances présentes, tout le monde doit donner son aide au Gouvernement pour faire face aux besoins publics et que chaque citoyen doit faire abstraction de ses préférences, plus ou moins fondées, à l'égard de telle ou telle solution.

Il est indispensable, vous ne l'ignorez pas, d'importer à Rouen la plus grande quantité possible d'anthracite. Les mesures nécessaires sont prises à cet effet, et j'espère que nous en verrons bientôt les résultats. Il est non moins indispensable qu'à son arrivée cet anthracite, ou tout au moins la partie importée en tout-venant, soit concassé et calibré. Dès lors, *il ne saurait être question de laisser vos usines arrêtées. Il importe, au contraire, de pousser leur production au maximum.*

Je serais désireux d'avoir avec vous un entretien à ce sujet et vous serais obligé d'accepter rendez-vous à mon cabinet, 107, boulevard Raspail, le mardi 16 courant, à 16 heures.

Je ne doute pas qu'au cours de cet entretien, vous ne dissipiez le malentendu qui pourrait résulter de votre lettre, et vous prie d'agréer, Monsieur, l'assurance de ma considération distinguée.

Signature : ILLISIBLE.

ROUEN, **le 17 Septembre 1917.**

A Monsieur le Directeur

du BUREAU NATIONAL DES CHARBONS,

à Paris.

MONSIEUR LE DIRECTEUR,

Je ne veux mettre aucun retard à répondre à votre lettre d'hier et à
vous déclarer que **je suis d'accord avec vous** sur ce que chaque Citoyen
doit, dans les circonstances actuelles, donner son concours au Gouvernement
pour faire face aux besoins publics et je crois que dans cette voie j'ai fait
jusqu'ici ce que je pouvais faire concernant les questions relatives à notre
Marine marchande, à la lutte contre les sous-marins ennemis, à nos importations de houilles, à nos ambulances, etc..., mais le Gouvernement devrait
comprendre que les concours dont il a besoin ne peuvent être obtenus qu'à
la condition que ses demandes ne soient pas contraires à l'opinion de chacun
et à la logique, surtout quand il s'agit **de questions industrielles et commerciales** que les Citoyens, industriels et commerçants, connaissent beaucoup mieux que les fonctionnaires chargés — à grand tort selon moi —
de les résoudre.

J'espère, Monsieur le Directeur, que vous admettrez que le fait de voir
traiter de pareille façon — surtout dans les circonstances actuelles — une
chose aussi grave que celle de nos importations de combustibles étrangers,
ait amené chez quelqu'un qui croit connaître la question un sentiment de
découragement qui n'a pu que nuire aux résultats qu'il eût été si désirable
d'obtenir.

Ce qui précède étant dit en toute franchise, afin de vous bien expliquer
ma pensée et les raisons qui m'ont fait agir comme je l'ai fait, je tiens à
vous déclarer encore que je pense absolument comme vous, qu'il est pitoyable
de voir arrêtées — et ce depuis bientôt un an — une organisation commerciale vieille de quarante années qui aurait pu contribuer largement à nos
importations de houilles et deux usines (les plus importantes de France pour
le traitement des anthracites) alors surtout qu'il était important de pousser
leur production au maximum.

Mais permettez-moi de vous faire remarquer que cette situation déplorable
ne pourra prendre fin que si le Gouvernement — qui a pris en mains nos

transports maritimes — me fournit les moyens d'apporter du Pays de Galles à Rouen et au Tréport les 5 à 6,000 tonnes d'anthracite par mois que peuvent traiter mes Usines de Rouen et de Paris.

Si cette demande avait reçu satisfaction il y a longtemps, et si au lieu de me refuser les licences d'importations pour les anthracites que j'avais achetés en Pays de Galles (me faisant ainsi perdre le bénéfice de mes achats) le Bureau des Charbons les avait admises, au lieu d'accorder des licences à des gens qui n'en sollicitaient **que pour spéculer**, — *à telle enseigne qu'ils venaient me les offrir ensuite moyennant un gros bénéfice pour eux* — je n'aurais pas été amené à arrêter mon commerce et mes usines et la situation en ce qui concerne nos approvisionnements d'anthracite serait moins mauvaise qu'elle l'est présentement.

Comme vous le voyez, Monsieur le Directeur, **je ne demande, certes, pas mieux que de remettre mes deux usines en marche** (autant que cela me sera possible, car il m'a fallu naturellement congédier tous mes ouvriers et une partie de mon personnel dirigeant), mais c'est à condition d'être aidé dans cette voie par le Gouvernement, et la seule aide que je lui demande, c'est de transporter régulièrement mes anthracites à l'état de gros (tout venant) dans la proportion nécessaire pour que ces usines, une fois remises en marche, **puissent travailler en plein** — conformément, du reste, à votre désir — ce qui est également la condition première pour obtenir un prix de revient aussi réduit que possible.

Je suppose, Monsieur le Directeur, qu'après les explications qui précèdent, pas n'est besoin que j'aille vous voir à Paris demain, ainsi que vous me le demandez, ce qui, du reste, me serait impossible avant quelques jours, mes instants étant présentement occupés par l'organisation, dans une propriété que j'ai mise à la disposition du Gouvernement Belge, d'Ecoles d'instruction publique et d'agriculture.

Mais dans l'impossibilité où je me trouve de quitter présentement cette propriété, je donne des instructions au Directeur de mon Bureau de Paris d'aller vous voir demain mardi à l'heure par vous indiquée et de se mettre à votre disposition pour tous les renseignements dont vous aurez besoin, qu'il sera en son pouvoir de vous donner ou qu'il me demandera pour vous les porter ensuite.

Veuillez agréer, Monsieur le Directeur, l'assurance de ma considération distinguée.

DEPEAUX.

ROUEN, **le 23 Septembre 1917.**

Monsieur MAZEROLLES, Directeur du Bureau National

des Charbons, Paris.

MONSIEUR LE DIRECTEUR,

Comme suite aux deux entretiens que vous avez bien voulu accorder à M. Coton, Directeur de mon Bureau de Paris, et conformément au désir que vous lui en avez exprimé dans le dernier de ces entretiens, **je viens vous confirmer la proposition qu'il vous a faite en mon nom de consacrer, avec leur personnel, les deux Usines que j'ai créées l'une à Rouen, l'autre près Paris, au traitement des anthracites** (gros tout-venants) que le Gouvernement a l'intention d'importer du Pays de Galles pour satisfaire aux besoins de la Capitale en même temps que des Usines travaillant pour la Défense Nationale qui emploient ce combustible.

En vous faisant cette offre, je crois ne pouvoir vous donner une meilleure preuve de mon désir de concourir, dans la mesure de mes moyens, à résoudre la grave question du chauffage de la population civile pendant l'hiver qui approche, en même temps que de la Défense Nationale.

De plus, je mettrais en même temps à la disposition du Gouvernement, aux frets taxés, les bateaux que je possède (dont un auto-moteur) pour le transport à Paris des anthracites qui seraient traités dans mon Usine de Rouen.

Je me chargerais donc, moyennant un prix à forfait à débattre — prix sur lequel, je n'en doute pas, il serait facile de s'entendre — de recevoir, décharger, concasser et calibrer avec tous les soins qui ont mérité à mes produits la plus-value que les consommateurs leur accordent, et de réexpédier, suivant vos instructions, les anthracites que je recevrais du Gouvernement. Mais pour ce faire il y aurait lieu que mes concessions de quai dans le port de Rouen, situées en face de mon usine et destinées à assurer l'approvisionnement de celle-ci, me soient rendues sans menaces de pénalités au cas où la quantité mensuelle importée n'atteindrait pas le chiffre de 12,000 tonnes, ce qui ne dépendrait pas de moi.

Comme le prix de revient de ces opérations dépendra en grande partie du tonnage traité — ce que vous comprendrez sans aucun doute — il serait indispensable, pour que je puisse vous indiquer un prix forfaitaire, que je sache sur quel tonnage mensuel je pourrais compter.

Vous comprendrez également, Monsieur le Directeur, que pour remettre en marche mes usines, il serait nécessaire que je reçoive, et puisse mettre en stock, une ou deux cargaisons d'anthracite destinées à servir de volant en prévision d'arrivages qui ne s'effectueraient pas en temps voulu, ce sur quoi la prudence commande de compter surtout à l'approche de la mauvaise saison.

Ces questions de détail pourraient être réglées facilement entre vous — ou toute autre personne que vous désigneriez à cet effet — et le Directeur de mon Bureau de Paris. Du reste, ainsi qu'il vous l'a dit, je me propose d'aller vous voir moi-même aussitôt que j'aurais une journée libre, mais après avoir pris rendez-vous avec vous, ce pour quoi je vous serais très obligé de m'obtenir l'autorisation de communiquer par téléphone.

Je ne vous écris donc aujourd'hui que pour la question de principe, à savoir, l'utilisation de mon personnel et moyennant un prix forfaitaire par le Gouvernement, de mes Usines de Rouen et de Paris, lesquelles je crois pouvoir le dire, sont les plus importantes et les mieux outillées pour le traitement des anthracites, ainsi que mes bateaux de Seine.

Avec l'espoir que ma proposition sera acceptée et dans l'attente de votre réponse,

Je vous prie d'agréer, Monsieur le Directeur, l'assurance de ma considération très distinguée.

DEPEAUX.

NOTE

Depuis cet échange de lettres (14-22 septembre 1917), par conséquent depuis plus de *trois mois*, des pourparlers *se poursuivent* avec le Bureau National des Charbons pour la remise en marche de mon **usine de Rouen,**

Mais ces pourparlers aboutiront-ils ? Il y a lieu d'en douter après les échecs successifs de mes diverses propositions pour des raisons qui me paraissent ressortir des quelques documents que j'ai cru devoir faire connaître à ceux que la question intéresse.

Quant à mon **usine de Saint-Ouen** (Seine), — **spécialement construite pour l'approvisionnement de Paris en anthracites pour foyers domestiques,** — il n'en est plus question, malgré les services que cette usine pourrait rendre en produisant dans la capitale même des anthracites classés pour chauffage central, Salamandres et tous autres appareils à combustion lente ou moteurs à gaz pauvre, très employés dans la petite industrie.

DOCUMENTS DIVERS

ANTHRACITES POUR PARIS

ROUEN, **le 5 Octobre 1917.**

A Monsieur de MONZIE, Sous-Secrétaire de la Marine marchande
et des Transports maritimes, à Paris.

MONSIEUR LE MINISTRE. (*)

Remise en marche de mes Usines pour le traitement des anthracites. — Dans votre entretien de samedi dernier, vous avez bien voulu me demander si le Bureau National des Charbons avait mis à ma disposition un navire pour importer du Pays de Galles à Rouen les anthracites qui seraient nécessaires à la remise en marche de mes Usines.

Je vous ai répondu — et j'ai l'honneur de vous confirmer — que, malgré mes demandes réitérées, le B. N. C. ne m'a fourni **aucun navire** bien que, étant donnée la disette actuelle des anthracites, il serait de l'intérêt général que mes Etablissements (qui sont actuellement les plus importants de France pour ce genre d'industrie) puissent contribuer à l'approvisionnement, non seulement de la population civile de la Capitale et de nos grandes Cités, mais encore des usines travaillant pour l'Armée qui emploient des anthracites.

La Banque de France, à qui je fournis ce combustible depuis de nombreuses années avait, *au mois de juin*, demandé au Gouvernement qu'un navire me soit fourni pour importer les 1,000 tonnes nécessaires à son approvisionnement.

A la date *du* 16 *août*, mon Bureau de Swansea — où ces anthracites sont chargés — fut avisé qu'un vapeur charbonnier allait être mis à sa disposition pour la Banque de France, mais quelques jours après, il lui fut retiré pour être remplacé par le vapeur *Kasan*, lequel — ainsi que vous le verrez par le plan que je vous envoie ci-joint — *était inutilisable* pour le

---

(*) Au cours d'un des entretiens que j'eus avec M. de Monzie, Sous-Secrétaire d'Etat, l'ardent défenseur de notre pauvre marine marchande, celui-ci voulut bien me demander si, conformément au désir qu'il en avait exprimé, le Bureau National des Charbons avait mis un navire à ma disposition pour apporter du Pays de Galles à Rouen les anthracites nécessaires à la remise en marche de mes usines de Rouen et de Saint-Ouen. D'où la lettre ci-dessus.

transport de gros anthracites, ce qui me mit dans l'obligation de le refuser.

Il y a là, de toute évidence, une manœuvre (après beaucoup d'autres) dans le but de pouvoir dire que, du moment que je refuse un navire mis à ma disposition, il n'y a pas lieu de m'en offrir d'autres, ni pour le compte de la Banque de France, ni pour les importations des anthracites que me doivent par contrats plusieurs Mines du Pays de Galles, ce qui me permettrait de contribuer à l'approvisionnement de la France en combustibles dont la disette est déjà grande et qui se fera de plus en plus sentir à mesure que nous avançons dans la mauvaise saison.

Je livre, Monsieur le Ministre, ces faits à votre appréciation en vous remerciant d'avance de ce que vous voudrez bien faire pour que cesse une pareille situation.

Veuillez agréer, Monsieur le Ministre, l'assurance de ma considération très distinguée.

DEPEAUX.

(Lettre restée sans réponse).

DIRECTION
DU
MATÉRIEL

RÉPUBLIQUE FRANÇAISE

Liberté. — Egalité. — Fraternité.

PRÉFECTURE DU DÉPARTEMENT DE LA SEINE

CHAUFFAGE CENTRAL

PARIS, le **20 Octobre 1917.**

Monsieur,

J'ai l'honneur de vous faire connaître que vous êtes compris parmi les négociants chargés d'assurer la livraison du combustible attribué aux propriétaires d'immeubles à chauffage central situés à Paris.

Vous aurez à livrer de suite et autant que possible avant le 1er novembre prochain, suivant les attributions qui vous seront faites en temps utile, une quantité qui, d'après les premiers relevés faits sur les questionnaires reçus par l'Administration, s'élève à 68,300 tonnes, dont :

11,000 Charbon.
40,950 Anthracite gros ou moyen, gailletins, noix.
15,150 Anthracite en grains.
1,200 Anthracite fines.

Total... 68,300 tonnes.

A l'appui des chiffres ci-dessus correspondant aux premières livraisons à effectuer, je vous envoie une liste avec noms, adresses, quantités et qualités de combustibles.

Veuillez agréer, Monsieur, l'assurance de ma considération distinguée.

Le Directeur du Matériel,

A. LABIE.

ROUEN, le **24 Octobre 1917.**

Monsieur LABIE, Directeur du Matériel, Préfecture
du département de la Seine, Paris.

Monsieur le Directeur,

Je reçois, non sans un étonnement que, sans aucun doute, vous comprendrez, votre lettre datée du 20 courant, que me transmet le Directeur de mon Bureau de Paris, par laquelle vous me faites connaître que je suis compris parmi les Négociants chargés d'assurer la livraison du combustible attribué aux propriétaires d'immeubles **à chauffage central**, situés dans Paris.

En effet, étant donné que mon Commerce d'importation des anthracites et de leur traitement dans l'Usine qu'à cet effet j'ai construite à St-Ouen (Seine) sont arrêtés, depuis bientôt une année, par suite des étranges mesures administratives prises pour l'importation des houilles étrangères en France, **je suis dans l'impossibilité absolue de faire aucune livraison d'anthracites** et j'ai dû, à mon grand regret, laisser à mes clients habituels le soin de se pourvoir ailleurs.

Devant une pareille situation, j'ai cru bien faire de mettre mon **Usine de Saint-Ouen** à la disposition du Gouvernement et j'ai eu à ce sujet un récent entretien au Bureau National des Charbons avec le Capitaine Ellisen qui, je suppose, s'occupe de la remise en marche de cet Etablissement *lequel pourrait, certes, rendre de grands services pour l'approvisionnement de la population parisienne en anthracites classés*.

Veuillez agréer, etc...

DEPEAUX.

ROUEN. — IMPRIMERIE LECERF FILS.

www.ingramcontent.com/pod-product-compliance
Lightning Source LLC
Chambersburg PA
CBHW071254210626
46818CB00013B/1441